Mai 1962

A. F. S.

Voir le livre de Perceau sur le même sujet, dont les dessins sont fort ressemblants. (Brutal, pittoresque dans le [illegible] etc.)

Il est bien possible que le premier volume soit aussi de Louis Perceau. C'est son style et sa manière. C'est en 1909 surtout que Perceau travaillait pour Apollinaire.

Les deux livres mériteraient une place & devraient [illegible] place à l'[illegible].

LE TRÉSOR

DES

EQUIVOQUES, ANTISTROPHES OU CONTREPÉTERIES

MIRIFIQUE PARANGON DU BEAU ET HONNÊTE LANGAGE

PAR

JACQUES ONCIAL

Maître en l'Ecole des Chastes

GÉLATOPOLIS

Extra bibliopolas

ANNO LÆTITIÆ MDCCCCIX

LE TRÉSOR

DES

ÉQUIVOQUES, ANTISTROPHES OU CONTREPÉTERIES

IL A ÉTÉ TIRÉ

Cinquante Exemplaires sur papier Whatman, numérotés à la presse de 1 à 50.

Et trois cents Exemplaires sur papier vergé de Hollande.

Non mis dans le commerce.

LE TRÉSOR

DES

EQUIVOQUES, ANTISTROPHES OU CONTREPÉTERIES

MIRIFIQUE PARANGON DU BEAU ET HONNÊTE LANGAGE

PAR

JACQUES ONCIAL

Maître en l'Ecole des Chastes

GÉLATOPOLIS

Extra bibliopolas

ANNO LÆTITIÆ MDCCCCIX

CHAPITRE I

Des Contrepéteries involontaires. — De leurs dangers. — Remèdes proposés.

Certain jeune premier, fâcheusement saisi du trac intense des débutants, se jetait, un soir, devant une salle comble, aux genoux de la grande coquette, en lui lançant, d'une voix toute vibrante de passion, cet appel désespéré :

— Madame, un *mou* de *veau*, et je reste !

Le malheureux, sans le savoir, — comme M. Jourdain faisait de la prose, — et surtout sans le vouloir, venait de commettre une *contrepéterie* intempestive. Elle obtint, auprès du public, le franc succès d'hilarité que l'on pense ; mais le triste héros de cette pitoyable aventure dut renoncer pour toujours, après ce malencontreux *lapsus*, à la carrière théâtrale, qui s'ouvrait devant lui, toute remplie d'éblouissantes promesses.

L'un de mes meilleurs amis, avocat éminent et orateur de la bonne école, dans le feu d'une plaidoirie d'assises, — alors qu'il s'agissait de sauver la tête de l'accusé, — voulut faire allusion aux *notes* de *police* fournies sur son client. Mais sa langue, subitement, se montra rebelle à traduire exactement sa pensée, et les fiches du service de la Sûreté devinrent, par une étrange et inconcevable magie, les *noces de Polyte* !

Contrepéterie encore, aux conséquences funestes. Le jury, en effet, n'en demanda pas davantage : après cinq minutes de délibération, il rapportait un verdict de culpabilité, muet sur les circonstances atténuantes, et un vœu en faveur du rétablissement des exécutions capitales ; il refusait sa pitié à un criminel assez endurci pour préméditer son forfait au sein même d'une réunion joyeuse empressée à fêter le mariage d'un camarade.

Enfin, tout récemment, l'un de nos plus doctes maîtres en Sorbonne, traitant, du haut de sa chaire magistrale, de l'expansion anglaise dans l'Afrique du sud, se proposait d'entretenir son auditoire des *populations* laborieuses du *Cap.* Mais hélas ! la parole, encore, vint singulièrement dénaturer sa pensée : les colons occupés aux travaux des champs, la pioche des mineurs s'abattant, fiévreuse, sur le sol aride pour en faire jaillir le grain d'or ou la parcelle de diamant, les cheminées d'usines vomissant des torrents de fumée sous un soleil de feu, tout ce tableau grouillant d'une activité débordante s'évanouit soudain. Sous la baguette d'une fée, odieusement perverse et infiniment maligne, l'Afrique est traversée, la Méditerranée franchie, la Sicile enjambée : l'illustre conférencier a transporté ses auditeurs dans la cité de saint Pierre, où il les fait assister, ahuris et scandalisés, dans les appartements — secrets, j'aime à le croire, — de la somptueuse prison Vaticane, à un travail d'un genre éminemment spécial : les *copulations* laborieuses du *pape*.

Contrepéterie toujours, irrévérencieuse au premier chef, et destinée à produire, sur les âmes bien pensantes, le plus déplorable effet.

Ces divers exemples, marqués au coin de la plus rigoureuse authenticité, montrent avec quel soin tous ceux, qui, par profession, font un usage journalier de la parole (on en trouvera la liste dans la réclame des pastilles Géraudel), doivent se méfier de ces sournoises et involontaires transpositions de lettres, qui amènent, fatalement, les gens les mieux élevés à commettre des écarts de langage, vraiment inadmissibles dans une société convenable.

Nous-mêmes, modestes artisans, infimes employés de commerce, rentiers microscopiques, en relations verbales forcées avec des patrons pointilleux, des chefs de rayon draconiens et des agents du fisc âpres à la curée, nous sentons, suspendue, à toute heure, sur notre langue, cette épée de Damoclès terrible et menaçante : la *contrepéterie involontaire*, capable de nous ruiner, instantanément, dans l'estime de nos chefs, et de nous aliéner, sans appel, la bienveillance des pouvoirs publics.

Le sabotier le plus enclin à la

mansuétude ne pardonnera jamais à son apprenti d'aller raconter dans le quartier qu'il revient de porter une paire de *balloches* à sa *grue*, alors que le jeune commissionnaire était expressément chargé de livrer une paire de *galoches* à la *belle-fille* de son patron.

Est-il une maison de nouveautés, tant soit peu respectueuse de sa clientèle, assez insconsciente pour tolérer que ses calicots fassent l'article pour des *cons* de *bretonnes*, quand il s'agit des *bons* de *cretonne* exposés à la devanture ?

Peut-on, enfin, se faire une idée de la stupéfaction monumentale, mêlée d'une indignation légitime, d'un contrôleur des contributions directes, en butte aux instances d'une vieille demoiselle réclamant à cor et à cris que l'on *codifie sa motte*, — ce qui ne tendrait à rien moins qu'à en faire imposer légalement l'usage, — alors qu'elle sollicite, simplement, une *modification* de *cote*, pour cause d'indigence notoire ?

Le mal est grand, on en conviendra ; il nous guette, sans relâche, jusque dans les rencontres les plus banales de la vie, prêt à fondre sur nous sans crier gare, et à terrasser sans phrases — un seul mot suffit — le philosophe le plus détaché des misères d'ici-bas.

Mais existe-t-il un remède ? Est-il possible d'arriver à dompter cette cavale fringante et indisciplinée qu'est la langue humaine ? Elle trotte, elle saute, elle caracole, elle franchit fièrement les obstacles, elle provoque les admirations enthousiastes et fait naître les élans sublimes ; mais elle butte aussi, parfois, un rien l'arrête dans sa fougue endiablée, elle se cabre et fait un écart : la perfide *contrepéterie*, embusquée au tournant de la route, l'a frôlée au passage, et l'ardent coursier fait panache en écrasant son cavalier.

Un seul moyen s'offre à nous de conserver notre assiette, si nous voulons éviter de mettre, à tout propos, les pieds dans le plat : c'est l'observation attentive, l'étude approfondie, et aussi la recherche intelligente de ces déviations possibles de la parole, auxquelles nos vieux auteurs, dans leur culte fervent de l'étymologie latine, donnaient ce nom, harmonieux et chantant, de *contrepéteries*, tombé dans l'oubli depuis près de quatre siècles, mais bien digne de revoir le jour pour briller d'un nouvel éclat.

Et quels immenses et inestimables bienfaits cette science féconde n'est-elle pas appelée à répandre sur l'humanité désireuse de se perfectionner et de s'instruire ! Plus d'imprévu dans l'exposé savant du professeur d'histoire ancienne, prémuni, désormais, contre la dangereuse confusion — qui tournait régulièrement à la sienne, — entre la *mort* des *Scipions* et la fameuse *scie* des *morpions*, poème épique en quinze cents vers, qui traîne dans toutes les études des collèges de province ; plus de surprise pour le prédicateur, exposé naguère, au milieu des épreuves d'une séparation douloureuse, à inviter, sans profit pour personne, ses fidèles à porter leur *étron* dans le *cul*, au lieu de les engager, conformément aux prescriptions épiscopales, à déposer leur *écu* dans le *tronc* de la paroisse ; plus, enfin, de ces désastreuses coquilles parlementaires susceptibles de porter gravement atteinte au prestige de la défense nationale : telle cette déclaration stupéfiante du président du Conseil, venant affirmer, du haut de la tribune, que l'on faisait, dans la flotte, travailler les *mains* à la *braguette*, alors qu'il voulait simplement informer ses collègues que, depuis l'avènement du ministre Picard, on faisait travailler les *marins* à la *baguette* sur les navires de l'Etat.

Les familles honnêtes et laborieuses trouveront, également, dans l'exercice et la recherche des *contrepéteries*, un délassement à la fois agréable et salutaire, après les rudes fatigues de la journée. Au lieu de se coucher avec les poules — ce qui, entre parenthèses, est un moyen infaillible d'attraper des poux, — les parents passeront les longues soirées d'hiver à lire et à méditer, sous la lampe, le petit traité que je leur offre : ce sera pour moi grand honneur, et pour eux grand profit. Les enfants, prédisposés par nature à retenir et à employer, de préférence, les mots qu'ils ne devraient pas connaître, se désintéresseront vite des expressions malséantes quand ils les verront dériver, tout naturellement, de termes de la plus parfaite correction. Enfin, la jeune fille, précieusement entourée de la sollicitude maternelle et rompue à la gymnastique moralisatrice que je préconise ici, ne s'exposera plus à remercier et à congratuler, de façon amèrement ironique, le futur époux de son choix pour la *mine* de *perles* qu'il vient de lui montrer et qui constituera le plus bel ornement de la corbeille de noces.

Pratiquons donc hardiment la méthode homœopathique, et combattons la *contrepéterie involontaire* par la *contrepéterie raisonnée.*

Je vais essayer, dans les pages qui vont suivre, de faire de celle-ci une étude profitable au lecteur : je ne me dissimule pas les difficultés formidables de cette tâche ; mais nous ne sommes point ici-bas pour nous amuser, et tout citoyen conscient de son rôle social a pour premier devoir d'apporter sa pierre, si petite soit-elle, à l'édifice, chaque jour plus grandiose, mais jamais achevé, de la Science et du Progrès.

CHAPITRE II

Les Contrepéteries dans l'antiquité, a l'époque de la Renaissance et de nos jours. — Distinction entre l'Anagramme et la Contrepéterie. — Remarque du seigneur des Accords.

Les transpositions, ou, plus exactement, les *permutations* de lettres ou de syllabes, ayant pour résultat de changer le sens des mots ou la signification des phrases, étaient connues dès la plus haute antiquité.

Les Juifs s'adonnaient à la confection des *anagrammes*, cousines germaines des *contrepéteries*, et le troisième livre de la Kabbale, appelé *Thémura* ou *Changement*, n'est autre que l'art de pratiquer ces interversions pour découvrir dans les noms des révélations cachées et mystérieuses. Rien n'est donc nouveau sous le soleil et nous nous étonnerons seulement de ce que ce *Thémura*, volumineux et indigeste, soit l'œuvre de sires concis.

Trois siècles avant notre ère, le poëte Lycophron s'amusait à transformer le nom grec Πτολεμαῖος du roi d'Egypte *Ptolémée Philadelphe*, en ἀπόμελιτος, qui veut dire *emmiellé*, et celui de la femme de ce monarque, Ἀρσινόη, en ἴον Ἥρας, *violette de Junon*. C'était déjà pas mal, bien qu'un peu trop sucré, et nous devons nous incliner avec respect devant un tel précurseur.

On trouverait, d'ailleurs, dans la langue grecque d'autres exemples de ces transpositions, et, puisque nous venons de mettre sur la sellette la reine des dieux, nous remarquerons, en passant, que l' Ἥρα de l'Hellade n'est qu'une forme inverse d'ἀήρ, celui des quatre éléments précisément personnifié par l'épouse de Jupiter.

Les Latins, ensuite, se sont mis de la partie et semblent avoir pris un malin plaisir à démarquer, par le jeu de la permutation, les mots qu'ils empruntaient à leurs voisins de l'est : *forma* n'est, de toute évidence, que le renversement de μορφή ; *nares*, de ῥίνες, etc.

Mais, si nous voulons voir la *contrepéterie* conquérir vraiment droit de cité et donner la mesure de ses forces, il nous faut atteindre le grand mouvement scientifique et littéraire de la Renaissance.

Le génie français, qui somnolait depuis plusieurs siècles, se réveille, plus vif et plus alerte que jamais, et la manifestation la plus éclatante de cette admirable révolution intellectuelle fut, sans contredit, l'éclosion de ces ingénieuses *équivoques*, dont Rabelais nous a donné la primeur dans *Les faicts et dicts héroïcques du bon Pantagruel.* Les permutations de lettres, jusqu'alors enserrées dans le cercle étroit de l'anagramme, élargissent leur domaîne, pour le plus grand bien de l'édification des masses et le plus grand bonheur des « bons compagnons » amis de la franche gaieté gauloise.

Qui de nous n'a point présent à la mémoire ce délicieux dialogue entre Panurge et une « haulte dame de Paris », qu'il désirait « couvrir de sa race ? »

« Mais (dist il) *équivocquez* sur A *Beaumont* le *viconte*. Je ne sçaurois, dist elle. C'est (dist il) A *beau con* le *vit monte*. Et sur cela priez Dieu qu'il me doint ce que vostre noble cueur désire... »

Et ailleurs, dans l'énumération des objets de première nécessité que le même Panurge avait toujours dans ses poches :

« En l'aultre deux ou trois mirouërs ardens, dont il faisoit enraiger aulcunesfois les hommes et les femmes, et leur faisoit perdre contenance à l'ecclise : car il disoit qu'il n'y avoit qu'une *antistrophe* entre femme *folle* à la *messe*, et femme *molle* à la *fesse.* »

L'*Equivoque*, l'*Antistrophe* ou la *Contrepéterie* — tous ces termes sont synonymes, — était née : elle sortait, tout armée, du cerveau puissant du plus grand génie dont la France ait à s'enorgueillir.

La nouvelle venue fut choyée comme une petite reine, et tous, du bourgeois au grand seigneur, de la ribaude à la duchesse, et du clerc au cardinal, voulurent s'en faire une amie et la fêtèrent à l'envi. Elle fut, au XVIe siècle, à l'apogée de sa gloire, et les meilleurs auteurs de l'époque lui dédièrent les plus belles pages de leurs œuvres.

Parmi ces écrivains figure, en première ligne, Etienne Tabourot, plus connu sous le nom de *seigneur des Accords*. Ce poëte bourguignon, doublé d'un philosophe émérite, comprit l'importance énorme de la *contrepéterie* dans les relations humaines et son influence considérable sur la destinée des peuples. Aussi consacra-t-il aux inversions de lettres, dans son livre des *Bigarrures*, une étude aussi brillante que fortement documentée, qui constitue, sans conteste, le monument le plus précieux d'une science philanthropique entre toutes.

Tabourot, soixante ans avant Descartes, se distingue par la rigueur de sa méthode : il commence par établir des définitions précises et par délimiter nettement le champ de l'*anagramme* et celui, plus vaste, de la *contrepéterie*. Je reviendrai plus loin sur cette distinction et ne retiendrai, pour l'instant, que les lignes suivantes :

« De cette inversion de mots, nos pères ont trouvé une ingénieuse et subtile invention, que les courtisans anciennement appelloient des *Equivoques* : ne voulans user du mot et jargon des bons compagnons qui les appelloient des *Contrepéteries*. Et n'entendans aussi ce mot, *Antistrophe*, qu'ils estimoient estre le langage inventé de quelque Lifrelofre : C'a esté le gentil, sçavant, et gracieux Rabelais, qui les a premier baptisé de ce propre nom grec, encor que les Latins l'ayent ordinairement usurpé pour la transposition des noms : Comme *Petri liber*, au lieu de *Liber Petri*,... » etc.

Nous sommes maintenant fixés, grâce à l'érudition de l'auteur des *Bigarrures*, sur les origines et la synonymie de ces trois termes équivalents : *Equivoque*, *Antistrophe* et *Contrepéterie*, et nous constatons avec peine la défaveur manifeste dont le dernier était l'objet.

Mais il faut tenir compte des préjugés d'un siècle où les revendications des prolétaires ne pouvaient se faire jour et où les « bons compagnons » et le « jargon » d'iceux étaient voués, sans recours, à l'indifférence ou au mépris universels. Et pourtant le bon sens et la sagesse populaires avaient, encore une fois, raison : le terme de *contrepéterie* renferme, en même temps, l'idée d'une *demande* semblable à celle que Panurge adressait à la « haulte dame de Paris », et la pensée d'une réponse *contraire* à la teneur de la question posée ; il est moins prétentieux que l'*antistrophe* des docteurs, et plus précis que l'*équivoque* des courtisans, — qui eussent été mieux inspirés en s'appliquant à eux-mêmes l'expression en litige.

Je ne cache pas, pour ma part, ma préférence marquée pour le terme *contrepéterie*, et je dois reconnaître que Tabourot lui-même l'a mis sur le pied d'égalité avec celui d'*antistrophe*, sa lumineuse dissertation ayant pour titre : *Des Antistrophes ou Contrepéteries*.

Après avoir traité, de façon magistrale, la partie philologique de son sujet, le seigneur des Accords en arrive aux exemples ; il passe en revue, avec sa bonhomie souriante, les menus faits de son temps et les met superbement en valeur par le jeu de la *contrepéterie*. L'historien puiserait certainement dans ces récits naïfs des documents de premier ordre sur l'état des esprits en France sous le règne de Charles IX.

Voici, d'ailleurs, quelques échantillons de ces innocents badinages :

« O que ces *fagots coustent* », s'écrie Tabourot, que la cherté du bois de chauffage rend inquiet sur l'avenir. — « O que ces *cagots foutent* », remarque-t-il aussitôt, envisageant ainsi, avec sa lucidité coutumière, un mode d'entretien moins dispendieux de la chaleur animale.

« Un *lieur* de *chardons* est *mort* à *Falaize*», nous apprend-il ailleurs, d'après une information de la dernière gazette. Puis il reprend avec philosophie : « Un *chieur* de *lardons* est *fort* à *malaize* », établissant ainsi un frappant contraste entre les souffrances de la vie et l'anéantissement de la mort.

Plus loin, il retrace, avec mélancolie, les amères déceptions de l'amour et s'exprime ainsi : « Quand je *prise* les *brunes*, la *noire* me *fuyt* » ; mais il reconnaît bien vite que là ne se bornent point les misères humaines, car il ajoute : « et quand je *brise* les *prunes*, la *foire* me *nuit*. »

Enfin, Tabourot, catholique fervent, ne ménageait point ses louanges aux jeunes hommes attachés aux *bons cordeliers*, tandis qu'il réservait ses admonestations les plus sévères aux jeunes filles *doutant* de leur *foi*. Mais telle était, à son époque, la corruption des mœurs que l'on voyait, plus souvent encore, les jeunes hommes attachés aux *cons bordeliers* et les jeunes filles *foutant* de leurs *doigts*.

Cette rapide analyse aura permis d'apprécier l'importance de l'œuvre de Tabourot : cette œuvre eût été plus vaste encore, si une mort prématurée n'était venue ravir le savant Bourguignon aux lettres et à ses amis. Le travail gigantesque auquel il s'était livré pour rassembler les matériaux de son étude sur les *Antistrophes ou Contrepéteries* ne fut pas, sans doute, étranger à cette fin précoce : il s'éteignit à quarante et un ans, muni des sacrements de l'Eglise, dont il avait été l'un des chauds défenseurs.

Sous le règne du Grand Roi, et pendant tout le XVIIIe siècle, la *Contrepéterie* sommeille : elle effarouchait la pruderie des classiques et s'accommodait mal de la mythologie maniérée des abbés de cour et des marquises à paniers.

Elle était, aussi, victime de la concurrence déloyale de l'*anagramme*, misérable expédient des flatteurs à gages, qui se torturaient la cervelle, dans l'espoir d'un maigre salaire, pour dénicher quelque chose dans les noms des puissants du jour, notoirement connus pour n'avoir rien dans le ventre.

Colletet, pourtant peu suspect de partialité en la matière, ne s'est pas fait faute de décocher à ces thuriféraires de bas étage ses traits les plus acérés, et les vers suivants, qu'il adresse à Ménage, ne laissent aucun doute à cet égard :

Ménage, sans comparaison,
J'aimerais mieux tirer l'oison,
Et même tirer à la rame,
Que d'aller chercher la raison
Dans les replis d'une *anagramme.*
Cet exercice monacal
Ne trouve son point vertical
Que dans une tête blessée ;
Et sur Parnasse nous tenons
Que tous ces renverseurs de noms
Ont la cervelle renversée.

Mais le protégé du cardinal de Richelieu ne nous dit pas si la femme de Ménage, experte dans la confection des crèmes renversées, l'était, de même, dans l'art de redresser les encéphales.

Les arbitres jurés de toutes les élégances étaient, à cette époque déjà lointaine, aussi incapables qu'aujourd'hui de sentir et de savourer les jouissances des saillies de l'esprit gaulois : ils vivaient dans le monde factice des rubans et des colifichets, et professaient le plus suprême dédain pour tout ce qui n'était point l'objet des faveurs de la cour.

L'Art de Plaire dans la Conversation, *Par Feu M. de Vaumorière*, nous renseigne amplement sur cet état d'esprit (?) :

« Pour les *Quolibets*, les *Turlupinades*, et les *Equivoques*, écrit-il dans ce manuel du parfait précieux, vous voulez bien que nous les abandonnions au Peuple, ou, tout au plus, aux beaux Esprits de la basse Bourgeoisie. »

Ce *Vaumorière*, — décédé, en réalité, au mois de septembre 1693, — a rendu trop tôt au Seigneur son âme aristocratique : il était tout désigné pour faire chorus, en compagnie de ses pairs et descendants du xxe siècle, avec nos collectivistes les plus unifiés, contre ces infâmes bourgeois coupables de tous les crimes, même de celui d'avoir un faible pour l'*antistrophe*.

Quoi qu'il en soit, la concurrence déloyale de l'*anagramme*, d'une part, et les attaques méprisantes des chevaliers du bon ton, de l'autre, eurent pour effet d'arrêter net, pendant près de trois cents ans, l'essor de la *Contrepéterie*, si splendidement lancée par le souffle immortel des Rabelais et des Tabourot.

C'est à l'un de nos plus illustres contemporains que revient la gloire d'avoir réveillé la Belle-au-bois-dormant. Il ne fallait rien moins que l'un de nos plus brillants polytechniciens pour la tirer de sa léthargie et nous la présenter, plus fraîche et plus parée que jamais: j'ai nommé Armand Silvestre, penseur profond et moraliste de haute envergure, admirablement préparé par l'étude des sciences exactes à la solution des difficultés les plus transcendantes de la *Contrepéterie*.

Ses pareils à deux fois ne se font point connaître,
Et pour leurs coups d'essai veulent des coups de maître.

On le vit bien quand il eut couvé et tiré de l'œuf « Cucu », perroquet favori de Mme d'Estourville et oiseau singulier, ayant pris de sa maîtresse l'habitude d'intervertir les lettres dans les mots :

« Je ne vous aurais pas engagé à vouloir lui faire dire : Madame, voulez-vous une *pierre fine* ?, ou quelque autre phrase dangereuse du même goût », déclare le pudique Inspecteur des finances, soucieux de mettre ses concitoyens en garde contre les inconséquences regrettables de ce Ver-Vert loquace de la *Contrepéterie*.

Par malheur, les meilleurs conseils tournent généralement à l'encontre des bonnes intentions de celui qui les donne, et ce fut « Cucu » qui fit école : une nuée d'autres perroquets, moins verts peut-être que lui, mais plus haut perchés sur pattes, voulurent lui donner la réplique, et ce fut un concert assourdissant de mots renversés, dans lequel les dramaturges le plus en faveur tinrent à faire leur partie.

Je n'en veux pour preuve que cet alexandrin, extrait du *Chemineau*, et mis dans la bouche du moissonneur Martin :

Et ce mâtin de blé, *dur* et *dru* comme quatre.

Dès lors, la *Contrepéterie* était rentrée dans les mœurs.

Elle est devenue, depuis, l'accessoire obligé de toute discussion sérieuse, car, seule, elle permet d'envisager, d'une manière rapide et mathématique, les deux faces d'une même question ; elle fournit à la jeunesse de l'un et l'autre sexe des sujets de récréation instructifs et variés, appelés à remplacer avantageusement les jeux, prétendus innocents, qui mettent trop souvent en défaut la vigilance attentive des mères de famille ; étrangère enfin à tout ce qui divise et facilement accessible à tous, elle deviendra — j'en ai la conviction sincère — le levier puissant de la réconciliation universelle, quand l'humanité, familiarisée avec les transformations multiples de cette bonne fée, aura compris que les pires malentendus ne reposent, la plupart du temps, que sur de simples transpositions de lettres, dont il vaut mieux rire que pleurer.

Je ne veux pas clore ce chapitre avant d'avoir indiqué les différences essentielles qui distinguent l'*anagramme* de la *contrepéterie.*

Si l'une et l'autre procèdent de permutations dans les mots, elles présentent, en revanche, des différences profondes, que le subtil Tabourot était trop clairvoyant pour n'avoir point aperçues :

Je lui laisse, d'ailleurs, la parole:

« Tu as peu cy-devant voir la façon des *Equivoques*, *Amphibologies*, et *Antistrophes* : desquelles conséquemment nous viendrons aisément aux *Anagrammes*, qu'on dit autrement, *Noms renversez* : Parce que ce sont inversions de lettres, tellement transposées, que sans aucune adjonction, répétition, ou diminution d'autres, que celles qui sont au nom et surnom d'une personne, on en fait quelque *devise ou période accomplie d'un sens parfait*. Et faut bien adviser que l'orthographe y soit bien observée, si ce n'est que pour l'excellence de quelqu'un, on se puisse dispenser de cette reigle. »

On ne saurait mieux dire, et ces explications limpides jettent une vive lumière sur le problème qui nous occupe.

Tandis que la *contrepéterie* ne connaît pas de limites et se meut librement dans le champ de la parole, l'*anagramme* reste confinée dans les noms et surnoms des personnages célèbres ou des gens de qualité. La *contrepéterie*, avec la prescience de notre grande réforme libératrice, s'affranchit sans remords de la tyrannie de l'orthographe, alors que l'*anagramme* demeure figée dans le culte de cette tradition surannée et ne sollicite de dispenses qu'en faveur des grands — bien mal choisis pour apprécier une attention si délicate, étant donnée leur ignorance, reconnue et affectée, des principes mêmes de l'écriture.

Mais, à un autre point de vue, l'*anagramme* et la *contrepéterie* ne sont pas nées pour vivre ensemble, et, là, c'est notre oreille qui les départagera. Il est impossible de retrouver dans les « périodes ou devises d'un sens parfait », dont parle Tabourot, la moindre trace des consonnances caractéristiques des noms dont elles ont été extraites : personne ne se douterait —

même abstraction faite de son sens concret et du croc-en-jambes donné à l'orthographe par égard pour l'*excellence* de la personne en cause, — que l'*anagramme* :

DE VERTUS L'IMAGE ROYAL

présente quelque rapport avec :

MARGUERITE DE VALOIS

La *contrepéterie*, au contraire, laisse toujours subsister les articulations principales des mots qu'elle utilise, articulations qui lui servent, pour ainsi dire, de certificat d'origine.

Ainsi, entre :

LE BON FOUQUET

surintendant des finances, célèbre

par ses malheurs, et la locution triviale et familière :

BOUFFER LE CON

il existe une corrélation évidente, et, qui plus est, une *contrepéterie* impeccable et respectueuse de ses antécédents.

Je donne cet exemple entre mille, en me servant du nom d'un personnage connu, pour bien montrer que, sans sortir du domaine de l'*antistrophe*, je pourrais, moi aussi, m'amuser à maquiller des états-civils, et entrer ainsi en lice avec les faiseurs d'*anagrammes*.

Si nous nous élevons enfin au-dessus des considérations terre à terre de la philologie pour aborder les sphères, autrement sereines, de la philosophie sociale, nous voyons s'ouvrir, plus large encore, le fossé qui sépare l'*anagramme* de la *contrepéterie.*

La première a toujours été l'apanage exclusif d'une caste privilégiée, et elle se ressent de l'invincible ennui qui préside aux hommages officiels et à l'étiquette des cours : point d'originalité dans ses louanges dictées par l'intérêt, et nulle saveur dans ses formules trop minutieusement apprêtées. Une fois, par hasard, elle est sortie des antichambres royales pour aller visiter la maison du pauvre, et cette bonne action a reçu sa récompense. La modeste

MARIE MÉNEDANT

dont les biographes ont négligé de nous faire connaître l'histoire, a vu son nom immortalisé par la seule *anagramme* qui vaille d'être citée pour le suave parfum de charité chrétienne qu'elle répand autour d'elle :

MERDE EN TA MAIN

Il n'en va pas de même de la *contrepéterie*, ignorante de la lutte des classes et des distinctions de la naissance, de la gloire et de la fortune : l'humble roturier et le gentilhomme plein de morgue, l'artisan obscur et le guerrier illustre, le mendiant déguenillé et le financier cousu d'or, sont, tour à tour, visités par elle et se partagent ses faveurs. Elle fait naître sur son passage la fleur précieuse de la gaieté ; son rire argentin donne un regain de jeunesse au vieillard courbé sous les ans, de même qu'il éclate, aux portes de la vie, comme une fanfare joyeuse d'allégresse et de bienvenue, aux inoubliables accents.

Elle abhorre, il est vrai, les subtils détours et les voiles savamment drapés ; elle est l'ennemie jurée de toute hypocrisie et la sœur de la Vérité ; elle se moque des censeurs à la pudeur revêche et des pédagogues importuns ; et quand ces radoteurs lui adressent le reproche d'affectionner surtout les propos un peu lestes, elle leur répond, avec son grand parrain, le Seigneur des Accords, qui était un sage :

« Il ne se faut pas scandaliser s'ils sont un peu naturalistes : car je ne sçay comme il avient que ordinairement et plus volontiers, on se ruë plus sur cette matière que sur une autre, et y rencontre-t-on plus plaisamment. »

CHAPITRE III

Un tour de jardin. — Contrepéteries intrinsèques et Contrepéteries extrinsèques.

Les *Contrepéteries* revêtent les formes les plus inattendues et les plus diverses : tantôt elles surgissent spontanément, par une sorte d'attraction invincible, entre lettres ou syllabes voisines ; tantôt, elles procèdent de bouleversements violents dans la contexture des mots ou dans l'arrangement des phrases.

Mais, simples ou complexes, superficielles ou profondes, elles s'épanouissent toujours comme autant de fleurs délicieuses et suaves, que j'essaierai de grouper dans les plates-bandes ensoleillées d'un merveilleux parterre, près de qui le célèbre *Jardin des racines grecques* du vénéré Lancelot ne paraîtra plus qu'un potager vulgaire, arrosé par un pompier.

Et d'abord, deux allées principales s'ouvrent devant les pas du promeneur ; le Touring-Club de France, protecteur puissant et éclairé des sites pittoresques, a récemment agrémenté l'entrée de ces voies triomphales de poteaux indicateurs : sur celui de droite, on lit, en caractères énormes, ce renseignement topographique : *Contrepéteries intrinsèques*, et, sur celui de gauche, comme pendant naturel, la mention inverse : *Contrepéteries extrinsèques*.

Tels sont, en effet, les deux grands embranchements que je vais analyser et décrire.

Les *Contrepéteries intrinsèques*, ainsi que leur nom l'indique, sont des permutations localisées dans l'intérieur d'un mot ; semblables aux monades de Leibnitz, elles n'ont pas de fenêtres ouvertes sur le dehors : tout se passe en famille, dans l'intimité de la maison commune. Mais aussi que de trésors cachés ces transpositions patriarcales ne mettent-elles pas au jour, et que de gemmes incomparables ne dégagent-elles point de la misérable gangue qui interceptait leurs feux !

La rosière de *Viroflay*, solennellement couronnée par le maire, dans l'éclat de la fête nationale, devient, pour la plus grande joie de la foule assemblée, la rosière de *flaire au vit*. Et n'est-ce pas, en somme, la fin prédestinée de cette innocente jouvencelle, qu'un mari, judicieusement agréé par l'autorité municipale, a pour mission d'initier aux mystères de l'amour ?

Dans un *Traité de Zoologie, à l'usage des gens du monde*, j'apprends que l'hippopotame est un quadrupède à *merde* énorme. Il est naturel, en effet, que le volume des excréments soit en rapport avec la corpulence de l'animal qui les rejette ; j'ai bien eu pour frère de lait un futur vérificateur des poids et mesures, qui tétait comme un mõineau et qui déféquait comme un bœuf, mais c'est là un cas exceptionnel, indigne de retenir l'attention. Pour en revenir à mon *Traité de Zoologie*, l'auteur n'avait nullement en vue d'entamer une controverse de scatologie comparée : il voulait simplement enseigner à ses élèves que l'hippopotame était un animal à *derme* énorme; mais il avait compté sans l'inévitable faute d'impression, auxiliaire née de la *contrepéterie intrinsèque*.

C'est encore grâce à cette pelure d'orange de la typographie qu'une

Histoire romaine, rédigée conformément aux nouveaux programmes, représente Marius assis au milieu des *urines* de Carthage. L'infortuné général était bien excusable de chercher un peu de fraîcheur sous le climat brûlant de la terre africaine ; mais ne lui faire rencontrer cette satisfaction tant désirée que dans un ruissellement de pissotières, c'est vraiment par trop ajouter à ses malheurs.

« Ce profond philosophe *réfléchit* », dites-vous en considérant avec respect cet austère vieillard abîmé, depuis deux heures, dans une méditation intense, sur son siège d'académicien. — « Ce profond philosophe *flaire* et *chie* », murmurera à votre oreille la muse, toujours enjouée, de la *contrepé-*

terie intrinsèque, rétablissant la vérité.

Le syndicat des *charpentiers*, nouvellement affilié à la Confédération générale du Travail, me saura gré, je pense, de faire part à cette intéressante Compagnie de l'une de ses principales revendications : une timidité mal placée, l'a, seule, empêché jusqu'ici d'en saisir le pouvoir central. Ces laborieux prolétaires désireraient que l'on changeât le titre de leur corporation, afin de ne plus être confondus désormais avec les ouvriers *partant chier*, qui manquent régulièrement à l'appel les jours de manifestations publiques.

Mais j'aperçois, penchée sur votre épaule, une charmante jeune femme, — la vôtre, probablement, ou bien celle d'un autre, — qui ne perd pas un mot de la lecture que vous lui faites de l'impayable chef-d'œuvre que je compose en ce moment : vous aviez demandé à votre gracieuse compagne de vous réconforter, par sa présence, dans l'étude aride de la *contrepéterie* et elle s'est mise en *quatre* pour vous faire plaisir. Je vous en supplie, restez-en là et n'exigez jamais de son amour pour vous qu'elle se mette, un jour, en *carte* pour vous être agréable. Elle ne reculerait pas, sans doute, en fille soumise qu'elle est, devant un pareil sacrifice ; mais vous auriez, vous, à soutenir un rôle qui vous mettrait à dos vos meilleurs amis.

Comme on le voit, la *contrepéterie intrinsèque*, pour concentrée qu'elle soit dans la sphère restreinte d'un mot unique, n'en mérite pas moins les plus grands égards. Elle est même d'autant plus estimable qu'elle se prodigue plus rarement : les maîtres de la Renaissance avaient à peu près vidé le fond de son sac, et pourtant elle ne forme qu'une bien faible part du trésor qu'ils nous ont légué.

De nos jours, elle apparaît de loin en loin et semble rechercher, de préférence, les endroits écartés : on la signalait dernièrement à l'île de Groix, — la moins fréquentée des îles bretonnes, — où une jeune touriste, enthousiasmée de sa promenade de la journée, racontait, le soir, à l'Hôtel de la Marine, qu'elle avait vu le trou du *notaire*, — vous entendez bien le trou du *Tonnerre*, curiosité naturelle, soigneusement signalée par Joanne et Bædeker.

En tournant à gauche, dans l'allée des *Contrepéteries extrinsèques*, nous pénétrons dans la région la plus touffue du jardin : le regard s'étend, à perte de vue, sur une végétation plus luxuriante et plus variée mille fois que la flore des tropiques, et l'âme s'élève, radieuse, vers le Créateur, dont l'infinie bonté a placé sous nos yeux, enchantés et ravis, le spectacle de tant de merveilles.

Au contraire de sa sœur, casanière et modeste, la *Contrepéterie extrinsèque* aime le monde et le bruit ; elle quitte, d'un pied léger, la demeure paternelle pour s'en aller jeter, insouciante et mutine, le trouble dans les ménages voisins ; elle se plaît à porter le désordre dans les arrangements savamment combinés et rit ensuite, comme une petite folle, de ses espiègleries de gamine effrontée ; elle s'insinue partout, touche à tout, et fait le désespoir de ses parents et des gens rassis et paisibles, amis de l'ordre et de la tranquillité.

J'ai, d'ailleurs, moi-même, servi de tête de turc à cette évaporée. Par une violente bourrasque de décembre, je conduisais ma bellemère au palais de l'Institut, où elle désirait assister à la réception solennelle de l'un des princes de la critique contemporaine :

— Le *vent siffle* dans la *rue* du *quai*, voulus-je m'écrier, tout assourdi par la rafale.

Mais j'avais compté sans la présence de la *Contrepéterie extrinsèque*, qui venait de s'attacher à mes pas :

— Le *vit s'enfle* dans la *raie* du *cul*, déclarai-je péremptoirement à la mère de ma femme, qui ne m'a jamais pardonné une inconvenance pareille, malgré une rectification immédiate et des excuses appropriées.

On s'est étonné à bon droit de l'indulgence excessive des tribunaux à l'égard des fauteurs de trouble qui ensanglantèrent les communes de Draveil et de Vigneux, lors de la grève des terrassiers. La surprise eût été moindre si j'eusse été en mesure de publier plus tôt le présent opuscule et de mettre la justice en garde contre les méfaits incessants de la *Contrepéterie extrinsèque* : le maréchal des logis de gendarmerie appelé à témoigner sur les premières bagarres, vint, en effet, déposer, sous la foi du serment, qu'il s'était trouvé en face d'une *paire* de *masturbateurs*, au lieu de la *masse* de *perturbateurs* qui s'était précipitée à l'assaut des chantiers.

Les parents ont grand tort de laisser les enfants s'emparer de tout ce qui leur tombe sous la main. Dans les corons du bassin houilier des départements du Nord, j'ai vu des bambins, pas plus hauts que ma botte, s'amuser avec des *pioches* de *mineurs* :

— C'est l'apprentissage qui commence, me disaient, non sans une certaine fierté, tout en sirotant leur schiedam, les vétérans à barbe blanche du pays noir.

C'est fort bien, mais l'habitude du danger engendre les pires imprudences : aujourd'hui les enfants s'amusent avec des *pioches* de *mineurs* ; demain ils s'amuseront avec des *pineurs* de *mioches*, et il sera trop tard pour se retrancher derrière l'enthousiasme professionnel.

A ma connaissance, cette inconscience inqualifiable est parvenue à son *summum* chez une famille israélite avec laquelle j'entretenais les meilleures relations.

Ces amis de vieille date villégiaturaient, chaque été, dans l'un des coins les plus pittoresques du pays vosgien et prenaient plaisir à voir leur délicieux bébé s'ébattre sur la *berge* d'un grand *ravin*, ombragé d'arbres séculaires et rafraîchi par un torrent aux eaux limpides et murmurantes. J'avais bien essayé, en usant de tous les ménagements nécessaires, de faire entendre au père et à la mère qu'ils eussent mieux fait de choisir pour leur moutard un autre lieu de récréation; mais ils ne parurent pas me comprendre, et mes appréhensions furent trop tôt justifiées : ils n'avaient pas regagné Paris depuis huit jours que le mignon petit diable, en souvenir de ses bonnes parties de campagne, s'ébattait, avec toute la fougue de son jeune âge, sur la *verge* du grand *rabbin.*

Le caractère sacré des ministres de Dieu ne met donc point ceux-ci à l'abri des farces déplacées de la *Contrepéterie extrinsèque.* Cette incorrigible pécore n'allait-elle pas, ces jours derniers, colporter dans toutes les loges de concierges que la *serge* du *vicaire* avait étouffé la *dame* du *fiacre*, faisant ainsi peser sur un modeste prêtre, uniquement préoccupé du salut de ses ouailles, le soupçon odieux d'un crime abominable ? En réalité elle avait arrangé — ou plutôt dérangé — à sa manière un fait-divers du *Petit Parisien*, relatant, avec la précision habituelle de ce journal à grand tirage, que la *verge* du *sicaire* avait étouffé la *femme* du *diacre*, — ce qui n'était pas tout à fait la même chose.

Les louables tentatives des partisans de la paix, dont je m'honore de partager les conceptions généreuses, n'ont pu, malheureusement, prévenir l'horrible conflagration qui vint semer le deuil et l'épouvante parmi deux grandes nations, jusqu'alors regardées comme les sentinelles avancées de la civilisation en Extrême-Orient : la Russie et le Japon, au lieu de s'en remettre aux décisions légales de l'arbitrage, préférèrent recourir au sort incertain des armes, au risque de propager l'incendie et de provoquer un cataclysme général. On s'attendait, à chaque minute, à voir la *Chine* se lever sous l'effort des *Nippons*, de même qu'en vertu d'un phénomène purement physiologique, la *pine* se lève, menaçante, sous l'effort des *nichons*, prête à pratiquer d'irréparables trouées dans les forteresses les plus impénétrables. L'histoire n'a pas eu à enregistrer cette complication désastreuse, mais les décharges répétées dont la Mandchourie fut le théâtre étaient bien faites pour produire, chez les peuples voisins, une excitation contagieuse, aux conséquences impossibles à prévoir.

Parmi les actes d'énergie accomplis par la troisième République, la loi sur les associations mérite, évidemment, une mention spéciale : elle eut pour résultat de mettre un terme à l'envahissement graduel de congrégations plus ou moins autorisées, qui eussent absorbé, aussi facilement qu'une hostie, la société laïque, sans la vigilance du ministre auquel incombait le maintien de la sécurité de l'Etat.

L'exécution de la volonté nationale n'alla point, d'ailleurs, sans protestations véhémentes, aggravées, par-ci par-là, d'une résistance opiniâtre à mains armées de vases de nuit et autres récipients, variés quant à la forme, mais identiques quant au fond, — et surtout au contenu.

Aussi ma surprise fut-elle grande de lire, un matin, dans une feuille départementale, que le supérieur d'un couvent de moines, dont l'expulsion venait d'être opérée la veille, avait retiré son *capuce* devant le *préfet* chargé de lui signifier l'arrêté du gouvernement.

— Voilà, pensai-je, une heureuse exception, et il ne sera pas dit que le respect de l'autorité soit méconnu par la totalité de nos adversaires ; il y a partout des gens sensés et ce digne ecclésiastique fait preuve d'une largeur d'idées à laquelle ne nous avaient point habitués ses collègues.

Mais mon illusion devait être de courte durée : le canard dans lequel j'avais relevé cette information sensationnelle publiait, le lendemain, une rectification non moins extraordinaire : le révérend père, dans un accès de folie mystique, s'était livré à des exhibitions indécentes, et avait, en particulier, retiré son *prépuce* devant le *café* fréquenté par les fonctionnaires civils et militaires de la localité.

Les mesures de protection, dont je viens de rappeler l'un des multiples épisodes, avaient jeté l'alarme dans les rangs du clergé séculier, nullement menacé cependant avant la déclaration de guerre de la papauté, qui devait aboutir fatalement à la rupture des relations entre la France et le Saint-Siège.

Certains prêtres timorés, soigneusement entretenus par les émissaires pontificaux dans la crainte de persécutions imminentes, se terraient dans l'ombre de leurs confessionnaux et se préoccupaient même de mettre hors de portée de la main des profanes les objets du culte et les images sacrées.

C'est ainsi que le desservant de ma paroisse, jeune ecclésiastique tout frais émoulu du séminaire diocésain, ne montrait plus sa *vierge* aux petites filles du catéchisme que derrière le *panneau* situé entre la sacristie et la porte du presbytère. Il a, d'ailleurs, dès que la Séparation fut un fait accompli, jeté le froc aux orties, sans oublier toutefois complètement les devoirs de son ancien ministère, car il m'est revenu qu'on l'a surpris, un soir, en train de montrer sa *verge* à la nièce d'un banquier, derrière le *piano* du salon de son hôte.

Si le lecteur a suivi attentivement les développements qui précèdent, il aura pu se faire une idée exacte des divergences primordiales qui différencient les *Contrepéteries intrinsèques* des *Contrepéteries extrinsèques*.

Les premières, forcément limitées et presque toutes connues à l'heure actuelle, sont comme les monuments lapidaires de l'art classique qui perpétuent, au travers de la diversité des écoles, les lignes essentielles de la beauté idéale ; les autres, au contraire, semées par une main prodigue dans le champ de la fantaisie, sont innombrables et toujours nouvelles, et c'est à leurs modes multiples et à leur infinie variété que je vais consacrer les derniers chapitres de cette minutieuse étude.

CHAPITRE IV

Les deux groupes principaux des Contrepéteries extrinsèques. — Contrepéteries vulgaires.

Les *Contrepéteries extrinsèques*, douées d'une extrême mobilité, se faufilent partout, à tort et à travers : ici, elles se contentent de dépouiller un substantif sans défense de l'une ou de plusieurs de ses lettres, prises isolément, pour les remplacer aussitôt par des éléments de même nature empruntés à des mots voisins ; ailleurs, elles se livrent à des amputations audacieuses de syllabes entières, compensées par des greffes d'importance égale.

De là, deux catégories distinctes, que je désignerai respectivement sous les titres de *Contrepéteries vulgaires* et de *Contrepéteries transcendantes*.

Loin de moi la pensée, en qualifiant de *vulgaires* les premières de ces permutations, de vouloir jeter sur elles un discrédit immérité : elles ont fait la joie de nos pères et continueront, longtemps encore, à amuser nos enfants. Je veux simplement entendre par là qu'elles sont les plus répandues et les plus fréquentes, à la portée de toutes les bourses, si je puis employer cette comparaison téméraire.

En revanche, les *Contrepéteries transcendantes*, d'une essence vraiment supérieure — en tant que combinaisons, — courent beaucoup moins les rues, et semblent être le fruit de conceptions géniales, réservées à l'aristocratie du talent.

Les *Contrepéteries vulgaires* se subdivisent en deux classes, suivant qu'elles résultent de *permutations de consonnes* ou de *permutations de voyelles*.

Les premières sont, de beaucoup, les plus nombreuses et forment à elles seules près des deux tiers des *contrepéteries* actuellement connues.

La raison en est simple : les voyelles constituent l'ossature des mots, dont les consonnes seraient les muscles déterminant le contour des formes extérieures. Or, il est moins pénible de disséquer des parties molles que de désarticuler des vertèbres : la résistance de celles-ci rebute l'anatomiste inexpérimenté, toujours tenté de s'en tenir au moindre effort.

Ainsi les *Contrepéteries de consonnes* s'offrent-elles, en quelque sorte, d'elles-mêmes, tandis que les *Contrepéteries de voyelles*, beaucoup moins maniables, exigent un savoir et une pratique ignorés des débutants.

La souplesse et la multiplicité des *Contrepéteries vulgaires de consonnes* leur permettent de s'adapter à tous les genres et à tous les milieux : rien de ce qui est humain — et même de ce qui ne l'est pas, — ne leur est étranger, et l'on pourrait composer avec ces antistrophes universelles la plus riche des encyclopédies.

Eprouvez-vous le désir d'oublier le bruit de la capitale dans la contemplation de scènes champêtres ? Regardez cette jeune fille qui suce le *pis* de la *vache*. Voulez-vous, au contraire, entreprendre l'étude des bas-fonds parisiens? Regardez cette marmite qui suce le *vit* de *l'apache*. La magicienne, d'un coup de sa baguette, vous a porté où vous vouliez aller.

Vous aimez les Rosa Bonheur ? Alors jetez les yeux sur ce coin de paysage nivernais, tout inondé de soleil, avec ces laboureurs caressant le *cou* de leurs *bœufs*. Seulement méfiez-vous du faux jour, et ne venez pas me soutenir, avec un de mes amis, trompé par un éclairage défectueux, que ces bons laboureurs caressent le *bout* de leur *queue*.

Tout près, dans un clair décor de gerbes dorées, de robustes moissonneurs sont occupés à *empiler* de vieilles *faulx* ; vous les retrouverez, d'ailleurs, leur journée finie, derrière les meules de blé mûr, mais occupés maintenant à *enfiler* de vieilles *peaux*.

Si vous préférez aux sites agrestes les vastes horizons de mer, embarquez-vous sur cette pimpante goëlette qui se balance gracieusement sur les flots, et allez voir passer les *merles* sur la *dunette* : vous y trouverez certainement plus de charme qu'à rester enfermé dans les cabinets du bord pour regarder passer les *merdes* sur la *lunette*. Vous pourrez, en outre, observer de près la manœuvre de ces immenses lignes dont se servent les pêcheurs en *quête* de *thon*, et ce spectacle vous intéressera plus que la vue des pêcheurs en *tête* de *cons* auxquels vous vous heurtez, le soir, sur les quais mal éclairés des ports de commerce. Faites bien attention, par exemple, au retour de cette promenade, à vous faire remettre sans encombre votre *valise* sur la *berge*, car un accident est trop vite arrivé ; vous risquez, en effet, de recevoir une *balise* sur la *verge*, ce qui vous exposerait, en rentrant chez vous, à subir, sanglant, les reproches amers de votre femme, déjà furieuse de votre fugue de quelques heures.

Mais les vacances, hélas ! sont terminées et il faut regagner la ville, avec son attirail de désagréments, de conventions mondaines et de plaisirs frelatés.

Voilà, d'abord, votre concierge, persuadé de sa haute importance et convaincu qu'il vous accorde une grâce, chaque fois qu'il vous tire le cordon : on a bien raison de dire que les *concierges* sont *vains*, en retournant à leur usage le proverbe de nos ancêtres : « les *cons vierges* sont *sains* ».

Et puis, c'est votre fils qui rentre, un soir, la *mine piteuse*, et proteste d'abord, devant votre insistance paternelle, qu'il « revient du cours » ; enfin, pressé de questions, il finit par avouer, et vous êtes obligé d'aller faire examiner par un spécialiste la *pine miteuse* qu'il a rapportée du boudoir d'une donzelle du Quartier.

Il faut alors faire préparer les remèdes les plus urgents ; mais le pharmacien est occupé : il est à *boucher* de l'extrait de *Saturne*, et son potard, qui vient de *toucher* de l'extrait de *sa burne*, est en train de se laver les mains.

Enfin, vous tenez les médicaments et vous regagnez en hâte votre domicile, suivi de votre rejeton qui marche, comme un chien fouetté, la queue entre les jambes. Mais vous aviez compté sans les embarras de la rue : la nuit est venue et, avec elle, la fraîcheur : aussi le passage est-il intercepté par un groupe de charpentiers faisant cercle autour d'un *feu* de *poutres* ; ce qui suggère à M. votre fils, par une association d'idées bien naturelle, que, de même, beaucoup d'ennuis gravitent autour d'un *peu* de *foutre*.

Vous avez traversé le cercle des charpentiers, mais, arrivé devant votre porte, vous tombez sur un rassemblement compact et tumultueux. On raconte que le charcutier du rez-de-chaussée a été vu *lié* sur son *char* ; les commentaires vont leur train et l'on parle déjà d'une autre affaire Steinheil. Renseignements pris, tout se réduit à un incident vulgaire : un client, entré dans la boutique à l'improviste, avait simplement vu le digne commerçant *chier* sur son *lard*, et l'imagination de la foule avait grossi la nouvelle.

Dans les salons, la *Contrepéterie de consonnes* exerce également ses ravages : on rencontre souvent dans ces lieux de réunion select des *femmes* à l'allure *douteuse* s'ingéniant à copier le ton et les manières des *dames* à l'allure *fouteuse* qui font les délices des music-halls et autres rendez-vous de plaisirs défendus.

Combien de jeunes filles, prétendues innocentes, racontent, en minaudant et en se donnant des airs poétiques, qu'elles adorent les *nids à verdure*, alors que leur pensée sous-entend les *vits* à *nerf dur* dont rêvent toutes les adolescentes en mal de puberté.

Je ne cite que pour mémoire le jeune homme à la *mine* de *plomb*, qui parcourt mélancoliquement les groupes de danseurs, tandis que, sur son passage, les vieilles mamans chuchotent qu'il doit avoir une *pine* de *melon*.

Et je passe sous silence le capitaine de dirigeable, qui *descendait* dans le *ballon*, aux acclamations d'une foule enthousiaste, atterrissait sans encombre dans la cour d'une maison de tolérance, *débandait*, quelques heures plus tard, dans le *salon* de cet établissement, et finissait par éprouver les plus grandes difficultés à regonfler son appareil dont le filet s'était rompu.

Si nous faisons une incursion dans le domaine de l'histoire, nous voyons les *permutations de consonnes* projeter une vive lueur sur des points peu connus, et contribuer aussi à clore des controverses stériles.

Les Romains, lorsqu'ils régnaient en maîtres sur l'empire d'Orient, avaient à Byzance des *empaleurs de curie*, investis de la mission redoutable de procéder, dans chacune des divisions de la Cité, à l'inverse de nos exécutions capitales modernes.

Il ne s'agit donc point d'*enculeurs* de *Paris*, ainsi que l'affirme, dans un ouvrage fort estimé, un érudit bénédictin auquel les premières atteintes de la cataracte ne permettaient plus de se livrer avec sûreté à l'épigraphie et à la lecture des manuscrits originaux.

Tout le monde sait que Jeanne d'Arc avait une *cotte* de *mailles*, mais peu de gens ont entendu parler de la *motte* de *caille* de la pucelle d'Orléans : c'est pourtant un détail qui ne manque point d'intérêt et tout à l'honneur de la libératrice du territoire.

L'actualité elle-même gagne à être passée au crible de la *contrepéterie* : l'horrible drame de Corancez est encore présent à tous les esprits, et l'on se rappelle avec quelle habileté l'infâme Brierre parvint, au début, à égarer les recherches de la justice. Il ne fallut rien moins que la découverte du *coutre* dans un vieux *fût* défoncé pour confondre l'assassin. Et pourtant Brierre niait toujours, prétendant, avec l'aplomb des grands criminels, qu'il était victime d'une odieuse machination et que l'on n'avait, en réalité, trouvé que le *foutre* dans un vieux *cul* défoncé.

Enfin la *Contrepéterie de consonnes* rend, dans l'exercice des divers métiers, des services inappréciables. Je rappellerai, dans cet ordre d'idées, l'embarras de ce malheureux caviste de l'épicerie Potin, qui ne savait comment s'y prendre pour enlever un fausset à une barrique entourée de caisses de savon :

— Si vous voulez déboucher le trou du *fût*, passez la main entre les *caisses*, lui expliqua le contre-maître, qui, pour rendre sa démonstration plus claire, ajouta avec beaucoup d'à-propos :

— C'est comme pour déboucher le trou du *cul* ; on passe la main entre les *fesses*.

Il y a cent à parier contre un que la leçon a porté et est restée gravée dans la mémoire de l'ouvrier.

Les professions libérales — c'est-à-dire les métiers des gens qui pourraient largement vivre de leurs rentes, — sont soumises aux mêmes lois que le travail manuel. Un garçon de valeur, qui grossoyait du matin au soir des actes authentiques dans une étude de banlieue, avait pour marotte d'établir, à la fin de chaque année, le décompte exact des minutes perdues par son patron. Inutile de dire que ce *clerc* remarquable ne parvint jamais à atteindre son *but*, aussi insaisissable que l'époque incertaine où le *blair* du notaire dût atteindre son *cul*. Le tabellion ne se priva point, d'ailleurs, de le faire sentir à son obscur collaborateur, et celui-ci ne put qu'enregistrer une expédition dont il avait été le naïf artisan.

Les nombreux exemples qui précèdent ont dû convaincre le lecteur de l'universalité du premier groupe des *Contrepéteries vulgaires* : les permutations de consonnes s'appliquent à tous les temps et à tous les pays ; elles n'ont pas d'âge et ne connaissent point de frontières.

Le cadre de cet ouvrage ne me permet pas, à mon grand regret, de m'attarder plus longtemps à ces intéressantes antistrophes ; mais, en leur adressant un dernier salut, je prie le Ciel, s'il nous réserve un second Victor Hugo, de lui inspirer une nouvelle *Légende des Siècles* tissue de ces ingénieuses équivoques, bien dignes de tenter un poëte.

Avec les *Contrepéteries vulgaires de voyelles* nous pénétrons dans un monde relativement fermé : elles se réfugient dans les cénacles académiques et prennent des allures déconcertantes et mystérieuses, dans le but évident de se distinguer de la foule et de se faire rendre des hommages particuliers.

La transposition dans les mots des éléments sonores équivaut à un bouleversement des points de repère de l'oreille ; aussi l'organe de l'ouïe — et de bien d'autres — ne parvient-il à saisir immédiatement les déplacements de consonnances qu'après un certain entraînement.

Le coulissier apoplectique, qui protège ouvertement l'ingénue des Bouffes-Lamothe, est là pour confirmer mon dire : tous ses amis proclament qu'il est rouge comme un *veau* de *Nice*, et cependant aucun d'eux peut-être n'a songé à le dépeindre rouge comme un *vit* de *noces*.

Les piliers élégants des cercles où l'on joue connaissent bien, aussi, l'interdiction formelle faite au *croupier* de *ponter* ; mais ils paraissent en revanche ignorer totalement ce principe élémentaire de bienséance qu'un *croupion* ne doit pas *péter*.

Ils trouvent très spirituel, dans le cours d'une partie de baccara, de coller leurs *bûches* dans le *cou* du banquier, sans réfléchir que la moindre fausse manœuvre les exposerait à coller leurs *bouches* dans le *cul* de cet estimable cartonneur, absorbé par l'examen des tableaux.

La *Contrepéterie de voyelles* a failli provoquer, dans un lycée que je m'abstiendrai de nommer, un scandale retentissant. Une mère de famille étant venue visiter ses fils, élèves internes de l'établissement, reçut du proviseur cette indication renversante :

— Madame, vos enfants s'amusent dans la *fesse* du *pion.*

L'excellent universitaire, travaillé par un commencement de paralysie générale, avait confondu la *pièce* du *fond* avec la *fesse* du *pion*, ce qui laissait planer sur les répétiteurs l'injuste soupçon de complaisances coupables envers les potaches confiés à leurs soins.

Puisque nous sommes dans les maisons d'enseignement, restons-y, et passons des lycées de garçons aux collèges de jeunes filles.

Dans l'une de ces pépinières de femmes savantes, le réfectoire des « grandes » était en révolution : une superbe tête de *veau blanchie*, agrémentée de fines herbes, n'avait pas l'heur de plaire à ces demoiselles. Ce fut la surveillante — une jolie brune, ma foi ! — qui trouva le mot de la situation :

— Si on leur servait des têtes de *vits* blancs *chauds*, souffla-t-elle à l'économe, elles ne feraient pas tant les difficiles.

Pensée profonde, que n'eût pas désavouée une inspectrice générale.

De la France à l'Espagne il n'y a qu'un pas, d'autant moins infranchissable qu'il n'existe plus de Pyrénées. Mais, au temps où ces montagnes dressaient encore leurs cimes entre les deux pays, le voyageur pouvait observer le défilé pittoresque des contrebandiers montés sur leurs *mules* avec des *patins*

— ces accessoires de locomotion hivernale étant indispensables à la traversée des glaciers. La campagne terminée, et la vigilance des douaniers désormais mise en défaut, il était non moins curieux d'assister aux orgies de ces négociants irréguliers de la frontière, montés sur leurs *malles* avec des *putains*, et dépensant, en quelques heures, en des noces crapuleuses, le produit de leurs opérations illicites.

Les typographes ont la spécialité d'introduire dans la copie de regrettables *Contrepéteries de voyelles.* Je me garderais bien de leur en adresser un reproche, car, quoi qu'on en dise, les travailleurs du livre ne sont pas toujours de bonne composition; mais mon impartialité d'écrivain et le devoir d'éclairer mes semblables m'obligent, cependant, à signaler quelques-unes de ces coquilles.

Dans une *Histoire de la guerre franco-allemande*, publiée sous les auspices du ministère de l'Instruction publique, on lit avec stupéfaction que des écumeurs de champs de bataille, sortis on ne sait d'où, avaient trouvé sur les lieux du sanglant désastre de Sedan un nombre considérable d'*étrons* sous les *caissiers*. On n'avait, jusque-là, jamais entendu dire que cette terrible rencontre se fût produite entre comptables : tout au plus, les héros de cette funeste journée l'étaient-ils, envers Dieu, de l'existence qu'ils sacrifiaient à la patrie. En l'espèce, il ne s'agissait, du reste, que d'un stock formidable d'*étriers* tombés sous les *caissons*, à l'instant où la cavalerie perdait pied devant les forces écrasantes qui devaient nous enlever deux provinces et nos dernières illusions sur les bienfaits du régime impérial.

Un important ouvrage illustré sur les *Coutumes celtiques* a perdu toute valeur du fait d'une erreur typographique inexcusable. Dans la description d'un pardon fort connu, l'auteur dit que « les Bretons sont *arrivés* leur *pen-bass* à la main», ce que l'imprimeur interprète : « les Bretons sont *à rêver* leur *pine basse* à la main ». Et ce qu'il y a de plus grave, c'est que le dessinateur, sur la foi de ce texte trompeur, a représenté une scène indigne de tout pardon.

De semblables bévues sont toujours extrêmement fâcheuses ; mais où leur gravité devient exceptionnelle, c'est lorsqu'elles se produisent dans des publications destinées à la jeunesse. C'est précisément le cas d'un roman honnête, approuvé par Monseigneur l'archevêque de Tours, et distribué en prix dans les écoles chrétiennes : je n'en indique pas le titre afin de ne point exciter des curiosités malsaines. Dans l'un des passages les plus dramatiques de cette œuvre d'imagination, il est question d'une dame *russe* portant *autour* du *cou* une fourrure à longs poils d'un prix inestimable, que le tzar, lui-même, avait daigné admirer. Or, le correcteur avait probablement la tête ailleurs quand il revoyait ses épreuves, car il met en scène une dame *rousse* portant au *trou* du *cul* une fourrure à longs poils tellement extraordinaire que l'autocrate de toutes les Russies en était resté baba.

Tels sont les types principaux des deux groupes des *Contrepéteries vulgaires*. Je me suis efforcé d'atténuer l'aridité du sujet à l'aide de nombreux exemples, choisis avec tout le discernement qui me caractérise. A mes disciples, maintenant, de profiter de cet enseignement tout paternel : il ne manquera point de leur ouvrir des horizons insoupçonnés et sera, en outre, pour eux le meilleur préventif contre les atteintes déprimantes de la neurasthénie : prendre les *choses* en *riant*, et non les *roses* en *chiant*, n'est-ce pas, en effet, le précepte fondamental de l'hygiène et le commencement de la sagesse ?

CHAPITRE V

LES CONTREPÉTERIES TRANSCENDANTES

Si tu es chrétien, lecteur, découvre-toi ; si Jéhovah est ton Dieu, enfonce ton chapeau sur ta tête ; si Mahomet t'éclaire, retire aussitôt tes chaussures : les portes d'or du Temple vont s'ouvrir devant toi ; je te convie à contempler la Perfection suprême, et à goûter les joies infinies des Elus.

Tu as prêté à mes discours, parfois plaisants, souvent sévères, une attention bienveillante et docile, et tu m'as suivi, sans te plaindre, dans les sentiers abrupts où je guidais tes pas. Maintenant la montagne est gravie, et son sommet touche le ciel ; recueille-toi et rends grâces : la récompense t'attend, dans les limbes éthérés des *Contrepéteries transcendantes*.

Les permutations *vulgaires* soulèvent un coin du voile qui recouvre l'expression de la pensée humaine, et permettent d'entrevoir les richesses latentes enfermées dans l'enveloppe des mots; mais elles sont impuissantes à livrer les clefs du trésor, car le sésame, jamais, ne poussa sur les places publiques. A ceux-là, seulement, que la faveur divine a marqués de son sceau, appartient le pouvoir de sonder les abîmes de la parole et d'en surprendre les secrets.

Oublions donc les transpositions simples de consonnes ou de voyelles isolées et leur mécanisme facile; après les notions élémentaires, abordons les connaissances supérieures, dont les données plus larges, mais aussi plus complexes, conduisent à la solution des plus angoissants problèmes.

Nous allons voir, ici, des syllabes entières se déplacer et se remplacer mutuellement, en entraînant parfois, dans leur course vagabonde, des lambeaux des parties voisines : certains mots, même, pris dans leur intégralité, s'intervertissent dans la phrase, qui acquiert alors une signification nouvelle, toujours plus instructive que son sens primitif.

Aucune règle, en somme, n'asservit les *Contrepéteries transcendantes*, qui se jouent librement des difficultés ; mais, sous les caprices apparents de la fantaisie, l'art seul reste maître, et la conservation des consonnances, caractéristique des antistrophes, demeure scrupuleusement observée.

La haute portée philosophique et morale des *Contrepéteries transcendantes* se manifeste dans toutes les branches de l'activité humaine et contribue puissamment à l'avancement des sciences et à la découverte de la Vérité. Je vais, d'ailleurs, étudier, aux points de vue les plus divers, ces permutations éminemment fécondes, et montrer, en m'appuyant sur des expériences probantes, quelles ressources inépuisables elles mettent entre les mains de qui sait les comprendre et les utiliser.

« Si l'empire appartenoit à la beauté et non à la force, a dit Buffon, le paon seroit, sans contredit, le roi des oiseaux... Mais ces plumes brillantes, qui surpassent en éclat les plus belles fleurs, se flétrissent aussi comme elles, et tombent chaque année. »

Un brave propriétaire campagnard, qui n'avait jamais lu les œuvres du grand naturaliste, m'exprimait les mêmes choses, en termes différents :

— Comme il est beau mon paon ! Et quelles superbes plumes ! Il paraît qu'autrefois on en faisait des flûtes. Mais je crains que la *muc* ne *perde* sa *queue*.

— Et que sa *queue* ne *pue* la *merde*, répondit, en écho, comme une voix lointaine, prophétique de dangers imminents.

A mon retour de cette visite champêtre, les allées et venues des paysans, se rendant par groupes au lieu de leur travail, me firent, pour la première fois, saisir l'importance des situations respectives des mots dans les phrases.

Beaucoup d'écrivains abusent de l'inversion, s'imaginant, à l'aide de cet artifice de rhétorique, donner à leur style un cachet spécial d'élégance ou d'originalité ; mais, en pareille matière, la prudence s'impose, car le renversement de la forme peut apporter à l'expression de la pensée des modifications imprévues.

Quand vous écrivez, par exemple : « Ces villageois s'en vont *aux champs en bande* », vous dépeignez exactement la scène rustique que vous voulez représenter au lecteur. Il n'en serait plus de même si vous mettiez : « Ces villageois s'en vont *en bande aux champs*. » Ce tableau, moins large, et d'une tonalité moins relevée, risquerait d'effaroucher votre éditeur et serait en contradiction avec les qualités viriles que l'on attribue généralement aux gens habitués à vivre au grand air.

La santé florissante des hommes de la nature m'amène à déplorer la condition précaire des habitants des villes. Les poumons des citadins absorbent journellement un nombre incalculable de microbes et se désorganisent peu à peu sous l'action délétère d'atmosphères empestées : rien de surprenant, alors, à ce que le laboureur, à la fois jeune et vigoureux, brusquement transplanté dans ces milieux de culture, autres que ceux qui l'ont vu naître, *en perde* sa belle *mine*, — j'ajouterai même *emmerde* sa belle *pine*,

— dans les cloaques infects de la dépravation urbaine.

Ces malheureux enfants, livrés sans défense aux séductions dissolvantes des villes, se pervertissent vite aux contacts impurs des courtisanes ; ils se dégoûtent du travail et sont assez *sots* pour aller sucer des *chopines* avec les *modistes*. De là à devenir assez *chauds* pour aller sucer des *pines* avec les *sodomistes*, il n'y a qu'un pas, — Rabelais dirait une *antistrophe* ; — ces tristes égarés sont pris par la débauche, dont ils dégringolent rapidement les pentes, — sans préjudice de ceux qui les mènent tout droit devant la Cour d'assises.

Elle est loin, maintenant, la chaumière paternelle ! Avec quelle joie naïve on y accueillait les *dames* qui mettaient les pieds dans la *ferme*, et comme on riait de bon cœur quand, par hasard, les *femmes* mettaient les pieds dans la *merde* ! Dès qu'un charretier voulait traverser la rivière, on aidait le *passeur* à sortir *la clef* du *bac*, et jamais le *sapeur* à sortir *l'abbé* du *clac*, — ce spectacle peu édifiant étant rare, Dieu merci, dans les paroisses rurales.

Je prie mes lecteurs, et surtout mes lectrices, de me pardonner l'accès de pessimisme dont je n'ai pu me défendre : on a dit bien des fois que l'époquc contemporaine était un tournant de l'histoire, et je serais tenté de l'admettre, à en juger par le relâchement indéniable du sens moral et le mépris outré des croyances les plus respectables, qui se décèlent aujourd'hui.

La Séparation des Eglises et de l'Etat est l'un des navrants épisodes de cette course vers la décadence. Les consciences catholiques, atteintes dans leur foi en l'éternité... du budget des cultes, exhalèrent vers le ciel le suprême cri d'alarme.

« Les francs-maçons veulent *voler* nos *vierges* ; *empêchez*-les, bon Saint-*Pierre*, et surtout ne *tardez* pas ! », s'écria, dans les affres de l'agonie, le chœur suppliant des martyrs.

Mais la prière fut sans écho. Le Seigneur voulait-il, en ses voies ignorées, prolonger sur la terre les souffrances de ses brebis ? On le crut tout d'abord. Une note d'en-haut, reçue par le Saint-Siège, et demeurée longtemps secrète, renferme la clef du mystère. Les transmissions, on le sait, sont souvent défectueuses, et l'adresse avait été sabotée.

« Les francs-maçons veulent *violer* nos *verges* ; *empétardez*-les, bon Saint-*Père*, et surtout ne *chiez* pas ! », voilà le texte atrocement défiguré, qui parvint aux autorités célestes et qu'elles jetèrent au panier.

Le sabotage des correspondances est, évidemment, le mal du jour et les pernicieuses excitations de la Confédération générale du travail ne sont point étrangères à la maladie lente qui mine le service des postes. La propagande révolutionnaire d'énergumènes sans mandat, et tous plus ou moins timbrés, a fini par oblitérer totalement le sentiment du devoir chez des fonctionnaires jusqu'alors dévoués ; sous prétexte de les affranchir, on enrôle les postiers dans une dernière levée, en vue du coup de tampon final, et on les prend comme facteurs de la rénovation sociale. S'ils recouvrent jamais leur valeur, nous n'en aurons pas l'étrenne : contentons-nous donc de les taxer, en toute franchise, d'inconscience coupable, et de les recommander à l'attention spéciale du Sous-secrétaire chargé de les administrer.

Je ne voudrais pas cependant accabler d'injustes critiques les jeunes femmes préposées aux rapports avec le public. Le coup de tampon final, auquel je faisais allusion tout à l'heure, ne préoccupe guère ces gracieuses employées, non plus, d'ailleurs, qu'un mode de percussion moins général et plus discret : le *mot* de *guichet*, dit-on, est familier aux demoiselles des postes, mais cela n'implique pas qu'elles usent du *godemiché*.

L'agitation syndicaliste a certainement, depuis quelques années, jeté le trouble dans les grandes administrations de l'Etat. Mais doit-on rendre responsable des difficultés actuelles, ainsi que le voudraient les esprits timorés, la loi du 21 mars 1884 ? Je ne le crois pas. La solidarité ouvrière a existé de tout temps et l'Assemblée constituante ne l'avait même pas entamée. Bien plus, les anciennes corporations se rendaient mutuellement des services plus touchants, mille fois, que l'action commune des syndicats contre le capitalisme moderne : les pédicures, par exemple, prodiguaient à l'œil—de perdrix, naturellement, — leurs soins les plus empressés aux *mères* des cordonniers ; ils allaient même jusqu'à soigner *gratis* les *cors* des *merdonniers*, par respect pour la solidarité, purement abstraite celle-là, créée par les consonnances.

Mon tempérament s'accommode mal de la discussion des problèmes économiques, presque toujours irritants, et la plupart du temps insolubles. Mais je ne peux pourtant point passer sous silence la grosse question soumise à l'examen des Chambres : l'impôt sur le revenu.

Il est certain que l'assiette actuelle renferme, comme on dit, moins de beurre que de pain : cette dernière denrée est même extraite, par morceaux importants, de la bouche du contribuable, qui commence à avoir la perception très nette du rôle de dupe qu'on lui fait jouer. De nombreux avertissements ont ému les pouvoirs publics, qui ont enfin compris que le remaniement de la matière fiscale s'imposait inéluctablement. Si l'on veut parer au fléau menaçant de la dépopulation, il faut, avant tout, faire décharger les prolétaires, sans se préoccuper de la débandade des rentiers. « A grosses *têtes* fortes *patentes* », telle est la formule que je préconise. Des gens méprisables ont érigé en axiome la formule inverse « A grosses *tantes* fortes *tapettes* » ; je ne les en félicite point, mais je dois cependant reconnaître qu'ils s'inclinent, eux aussi, devant le principe de proportionnalité défendu par tous les amis véritables de la démocratie.

Les impôts, quels qu'ils soient, ne feront jamais le bonheur de ceux qui les paient, mais il est assez piquant de voir les prodigues marcher en tête de l'armée innombrable des récalcitrants. Tel joueur risque délibérément ses cinquante louis sur un coup de baccara, qui se fait tirer l'oreille pour verser un droit de quarante sous à la caisse de l'établissement. Le *dégoût* de la *cagnotte* est très répandu dans les cercles : c'est une vérité manifeste, et l'on aura beau alléguer que le personnel des tripots est assez mélangé et que le *cadet* de la *gougnotte* y est, aussi, fort répandu, cela n'enlève rien à la justesse de mon observation.

La passion du jeu ne sévit pas seulement parmi les représentants du sexe fort : nombre de dames adorent tripoter les cartes, — en dehors de celles qui sont contraintes à cet exercice par la police des mœurs. Mais elles font toujours preuve d'une prudence extrême, car elles redoutent les pertes, surtout si les parties sont grosses. J'ai connu, jadis, une respectable douairière qui passait régulièrement la main au *boston* d'un vieux *routier*, réputé pour son habileté à profiter des moindres fautes de ses adversaires. De méchantes langues insinuaient bien qu'elle ne pouvait, à la fois, tenir son jeu et passer la main aux *roustons* d'un vieux *bottier* — quatrième insignifiant de ces séances mémorables — ; mais je n'ai jamais voulu le croire, et j'ai toujours mis la réserve de mon excellente amie sur le compte de la passivité inhérente au tempérament féminin.

Ce souvenir lointain me rappelle l'époque où je faisais mes premières armes en des sauteries familiales panachées d'écolières en vacances et de tournées d'orgeat. J'étais timide alors, et je me torturais la cervelle pour en tirer quelqu'une de ces banalités stupides que tout cavalier bien élevé se croit obligé de servir à ses danseuses. « Parmi ces *dames* j'en aperçois de *fort belles* » était mon cliché favori, et l'on ne s'imagine pas les heures de méditation profonde représentées par l'enfantement de cette exclamation polie.

Si j'eusse su, pourtant, j'en aurais sûrement creusé une autre. J'avais, un soir, la langue empâtée par une sacrée galette de boulanger, que plusieurs verres d'orgeat successifs n'avaient pu faire couler ; croyant faire plaisir à la fille de mon hôte, et aussi pour rompre un mutisme embarrassant entre deux figures de quadrille, je m'armai de mon plus gracieux sourire, et, lançant un regard admiratif vers un groupe de jeunes mariées dont je frôlais les jupes, je modulai, d'une voix bien timbrée :

— Parmi ces *femmes* j'en aperçois de *bordel.*

La sacrée galette de boulanger

m'avait retourné mon cliché !

J'étais trop innocent pour mesurer l'inconvenance de mes paroles, mais je vis bien qu'elles étaient mal accueillies, car l'une des charmantes personnes auxquelles j'avais cru adresser un compliment délicat s'écria moqueusement, en me désignant à ses compagnes :

— Ce jeune homme *bande* comme un *salaud*.

Je saisis fort bien l'intention malveillante de ce propos rageur, — sans toutefois en discerner le sens. J'ai appris, depuis, qu'une fureur mal contenue avait également troublé l'élocution de mon ennemie involontaire, dont la colère à mon endroit se voulait synthétiser en cette observation désagréable :

— Ce jeune homme *danse* comme un *ballot*.

Je suis à l'abri, il y a beau temps, de ces mésaventures chorégraphiques et un maquignon, fort estimé dans les foires, me disait encore dernièrement que je ressemblais à ses vieux chevaux et que je devais avoir les jambes plus raides que la queue. Le bougre ne se trompait pas et je serais rudement embarrassé aujourd'hui pour esquisser la moindre polka ou le plus léger semblant de valse.

Et cependant — sans avoir jamais sonné de la trompe, —je m'intéresse toujours aux exercices du corps ; le cirque m'attire, et les sauts périlleux des acrobates ou les facéties désopilantes des clowns sont un régal pour moi.

En ce dernier genre de bouffonneries anglo-américain, je n'ai rien vu, de ma vie, de plus cocasse que le travail en liberté d'un *braque* et d'une *marmotte*, présentés par un certain Auguste auquel l'affiche faisait les honneurs de la grande vedette. Le public ne se lassait pas de regarder ces bêtes, admirablement dressées, s'enfiler sur la piste, le poil hérissé, la queue en l'air, et se livrer à des mouvements de va-et-vient précipités, chaque fois que l'une ou l'autre voulait retirer son cou après une passe brillamment disputée : les dames criaient *bis* et les messieurs étaient enthousiasmés. Si je n'ai pas raté ce numéro sensationnel, ce n'est certes point la faute du programme : la direction annonçait en effet, par le canal de ce document officiel, le travail en liberté d'un *braquemart* et d'une *motte*, présentés par le célèbre Auguste de l'Hippodrome de Chicago.

On ne commet pas d'erreurs pareilles — ou plutôt on ne devrait pas les commettre. Je sais bien que nul n'est infaillible, — à part le pape, bien entendu — ; mais il est des fautes lourdes qu'un peu de réflexion ou de retenue éviteraient sans peine, au grand profit de l'intérêt général.

Que de réputations inattaquables ont payé un tribut d'infamie immérité à des inadvertances ou à des légèretés répréhensibles, dont les auteurs ont traîné, jusqu'à la fin de leurs jours, le remords cuisant !

Une pauvre orpheline, en tous points adorable, recueillie par son aïeul maternel, fabricant de bicyclettes, motocyclettes et tandems, n'a jamais pu trouver d'époux parce que l'un de ses voisins, ami de la dive bouteille, avait prétendu l'avoir vue souvent *baisotter* sur les *cycles* de son grand'père. Ce poivrot n'était pas un méchant homme, mais l'abus d'alcools insuffisamment rectifiés l'avait un tantinet ramolli : il avait vu souvent l'enfant espiègle *sauter* sur les *bésicles* de son grand'père, et les fumées de l'ivresse ayant perverti chez lui la mémoire des mots, il confectionnait, de toutes pièces, une monstrueuse calomnie avec les bribes de ses souvenirs.

L'alcoolisme est la plaie de la

société moderne ; il fait des êtres dégradés, se privant par là de l'avantage de pouvoir réclamer la plus infime réparation à leurs propriétaires, et destinés à finir prématurément — toujours en qualité de locataires — dans des asiles d'aliénés. On s'expliquerait encore cette passion funeste chez des gens dépourvus d'instruction et portés à chercher dans une excitation factice l'oubli des misères présentes ; mais elle devient inexcusable parmi les classes aisées, que leur culture intellectuelle devrait rendre inaccessibles aux atteintes d'une aussi basse dépravation.

J'ai honte de l'écrire, et pourtant je dois avouer que la contagion ne compte plus ses victimes au sein des représentants de l'élégance et du bon ton.

Invité par le doyen d'une Faculté catholique à assister à une soirée littéraire qui réunissait chez l'éminent professeur l'élite mondaine d'une grande cité, j'ai été péniblement impressionné par l'audition de l'admirable poëme d'Alfred de Vigny sur la mort de Roland. On attendait impatiemment ces rimes mélodieuses, que nous avons tous apprises au collège, et dont je me récitais *in petto* l'alexandrin initial :

J'aime le *son* du *cor*, le *soir*, au fond des *bois*...

Un jeune maître de conférences, fort goûté des dames et diseur émérite, en devait détailler les beautés. Je le vis, en effet, sur un signe de notre hôte, avancer, d'un pas incertain, s'abîmer dans une révérenc exagérée, puis, ayant essuyé de sa main gantée son front chargé de sueur, entamer en ces termes, à la stupéfaction générale, le chef-d'œuvre de l'écrivain tourangeau :

J'aime le *sort* du *con*, le *boire* au fond des *soies*...

Le malheureux était abominablement gris. Il ne put aller au delà de ce premier vers ; mais il s'obstinait à vouloir reprendre les autres au buffet et l'on eut toutes les peines du monde à lui faire comprendre qu'il était assez plein pour être au moins vidé pendant quarante-huit heures.

Si la tare répugnante de l'ivrognerie ravale l'homme au-dessous du niveau de la brute, que dire alors de la femme qui s'adonne à cet ignoble penchant ! Sous l'influence de la boisson elle a tôt fait de perdre le charme pénétrant dont l'a gratifiée la nature pour se transformer en un objet de répulsion et de dégoût.

Le Royaume-Uni possède le triste privilège de battre le record en matière d'alcoolisme féminin : on rencontre sûrement, de l'autre côté du détroit, plus de *typotes* anglaises devant des *canettes* que, sur le continent, de *capotes* anglaises devant des *tinettes*, et les statistiques accusent tous les jours, en faveur des premières, une progression ascendante.

Je ne veux pas dire pourtant que nous soyons, en France, indemnes de ce vice honteux ; mais il n'est pas encore, chez nous, passé à l'état chronique, et il ne se manifeste que par intervalles, au hasard de l'occasion. C'est ainsi, par exemple, qu'au moment des fêtes du carnaval, les terrasses des cafés sont souvent encombrées par des grues en *goguette* en train de vider leurs *Pernods* ; on pourrait, d'ailleurs, revoir, le lendemain, les mêmes grues en *Perrettes* en train de vider leurs *goguenots*, incapables qu'elles sont, sous les effets de l'absinthe, de retirer leurs oripeaux de la veille pour vaquer aux soins du ménage.

La loi est malheureusement impuissante à enrayer les progrès d'un mal qui prend sa source dans l'imperfection humaine et dans la soif immodérée — c'est le mot — des jouissances matérielles, dussent-elles conduire fatalement à la déchéance et à la mort. C'est que nos législateurs ne s'inspirent plus, comme autrefois, de la volonté divine, bien inférieurs en cela au prophète musulman interdisant, au nom d'Allah vengeur, l'usage des liqueurs fermentées. La théocratie antique a fait plus pour la morale et pour l'hygiène que notre code répressif et nos sociétés de tempérance : elle mettait, il est vrai, les *dieux* dans les *lois*, mais ne mettons-nous pas, dans notre siècle de lumières, les *doigts* dans les *lieux*, au grand dam de la propreté la plus élémentaire et de la conservation de la santé publique ?

J'ai toujours eu, au reste, un faible très marqué pour les religions anciennes, et, en particulier, pour le culte de la Beauté et de l'Amour :

aussi me suis-je imposé comme règle de conduite de garder *la messe* pour *Vénus*, et *l'anus* pour *mes vesses*, conciliant ainsi les exigences de ma foi et les infirmités de ma misérable nature.

Mon admiration pour la mythologie païenne a même failli me brouiller avec un camarade d'enfance qui, lui, ne peut pas sentir les habitants de l'Olympe et leurs sous-ordres préposés à l'expédition des affaires terrestres :

— Ne me parle pas de tes Parques, me déclarait-il un jour, parce que les *quenouilles* de ces *grues* me dégoûtent.

— Je comprendrais une aversion pareille si tu me disais que les *culs* de ces *grenouilles* te dégoûtent, mais je ne sache pas qu'elles t'aient jamais accordé leurs faveurs.

— Vous êtes tous les mêmes ! s'écria-t-il, d'un ton qui n'admettait pas de réplique, et vous voyez les choses au travers du prisme de vos illusions. Sur la foi de traductions bourrées de contre-sens vous vous représentez les infernales fileuses trônant, auréolées de leur pudeur de vierges éternelles, au milieu de *salles* ornées de paires de *quenouilles* énormes, alors que les textes primitifs, une fois dépouillés des erreurs grossières de l'éxégèse, les montrent telles qu'elles sont, c'est à dire trônant au milieu de *sales nœuds* ornés de paires de *couilles* énormes. Or, je n'aime pas le bordel, et je répète que vos Mœres gréco-latines me dégoûtent profondément.

L'argument était écrasant et je jugeai inutile d'insister. Si j'avais eu pourtant plus de présence d'esprit, j'aurais pu demander à ce contempteur féroce de la théogonie classique de m'expliquer sa prédilection bien connue pour la féerie du moyen-âge et les légendes fabuleuses des romans de chevalerie.

Il ne jurait que par le roi Arthur et une table ronde lui était indispensable pour prendre convenablement ses repas. J'ai vu bien des gens en colère, mais jamais au point de cet émule de don Quichotte, quand il vint m'annoncer que l'enchanteur Merlin — qu'il ne faudrait pas confondre avec l'auteur du *Répertoire universel et raisonné de Jurisprudence*, — était arrivé à mettre la *cangue* au *cou* de *Mélusine*.

— Tu auras lu trop vite, lui dis-je pour le calmer ; tes vieux bouquins sont difficiles à déchiffrer et ton enchanteur n'est peut-être arrivé qu'à mettre la *langue* au *cul* de *mes cousines*. Fais comme moi, ne t'en matagrabolise pas la cervelle.

Il voulut bien se rendre à ma manière de voir, mais ne s'en replongea pas moins dans ses histoires de serments solennels, d'adoubements et de tournois. Il revivait les prises d'armes épiques des gentilshommes bardés de fer et frémissait au fracas de quincaillerie qui sonnait l'hallali de la vertu de quelque noble dame impatiente de se donner au vainqueur.

— Vois-tu, s'écriait-il, le code de chevalerie est la pierre angulaire de la science des combats. Devant les sortilèges des magiciens le courage des preux ne suffit pas seul à assurer la victoire ; si le cœur est vaillant la lance doit être mortelle, ce que les statuts de l'Ordre résument en ce précepte fondamental : « Que le dard du *joûteur* soit toujours *affûté.* »

« Que le dard du *fouteur* soit toujours à *juter* », m'eût semblé une recommandation tout aussi judicieuse ; mais je ne lui en fis pas la remarque, de peur de le contrarier. Je l'abandonnai aux exploits de ses Amadis, et m'en fus, en rêvant aux modifications profondes apportées par le développement de l'industrie moderne à notre chevalerie contemporaine.

L'influence de l'Eglise romaine, aux temps de barbarie du régime féodal, s'est, certes, exercée sur la caste guerrière pour exalter chez elle les qualités de bravoure, d'abnégation et de fidélité, et transformer en champions à peu près propres du trône, de l'autel et de leur Dulcinée de répugnants soudards, dépourvus jusque-là de tout respect humain.

Mais cette éclaircie fut de courte durée : la nuit sombre de l'Inquisition allait s'abattre, terrifiante, sur la Chrétienté livrée aux mains sanguinaires des moines. Malheur au pauvre diable accusé d'hérésie ! Les juges instructeurs le déclaraient toujours coupable, et, s'ils reculaient, par hasard, devant une forfaiture, le Saint-Office, alors, faisait *brûler* les *enquêteurs*. Il a même fait, une fois, *enculer* les *bretteurs*, dans une affaire de coups d'épée confiée à un dominicain bègue, dont les tortionnaires avaient très mal compris la sentence.

A l'horrible cauchemar de la geôle, de la question et du supplice, qui hantait nuit et jour les esprits, se joignaient les exactions des ordres mendiants, qui vidaient les escarcelles. Les campagnes étaient parcourues, en tous sens, par des *pères* voyageurs, aux *roulottes* énormes, qui entassaient dans ces lourds véhicules les dîmes en nature prélevées sur les récoltes. Nous sommes, aujourd'hui, débarrassés de ces dangereux excursionnistes, mais d'autres les ont remplacés : les Anglais, maintenant, sillonnent, en de luxueuses automobiles, les coins les plus reculés de notre territoire, et ces *lords* voyageurs, aux *roupettes* énormes, encombrent les auberges de leurs personnes grincheuses et de leurs volumineux accessoires.

La manie des voyages s'est, d'ailleurs, emparée de la masse de nos concitoyens, et une foule de gens qui n'étaient jamais sortis de leur trou que pour rentrer dans un autre, ont élargi le cercle de leurs explorations. Aussi les agences d'excursions et les sociétés de transports font-elles des affaires d'or, tandis qu'à leurs côtés les œuvres de tourisme ne comptent plus leurs adhérents.

J'ai déjà parlé du Touring-Club de France et de sa sollicitude quasi maternelle envers les fervents des courses en plein air. Or, il a, ces jours-ci, mis le comble à ses attentions délicates en faisant installer des dépôts de vivres pour les *étrangers*, au milieu des *monts* ; et non pour les *manger* au milieu des *étrons*, ainsi que l'indique, en termes erronés, une pancarte brossée à la hâte.

Cet engouement récent pour les promenades lointaines est, chez nous, d'un heureux présage : nous étions trop enclins à nous incruster dans la métropole et à négliger la visite de nos possessions coloniales. En dehors de l'intérêt commercial considérable présenté par la connaissance parfaite des régions soumises à notre domination, que de traits curieux, d'observations piquantes et de remarques utiles les contrées encore vierges ne réservent-elles pas à qui veut en fouler les brousses mystérieuses ! Et que d'erreurs grossières et d'idées préconçues sont alors rayées du grand livre de la crédulité publique !

On se figurait encore, il y a quelques années, les nègres du Soudan français comme des guerriers féroces, avides de carnage, se plaisant au sein des massacres : on calomniait ainsi d'inoffensifs chasseurs, vivant au milieu des forêts.

Rien n'est plus touchant que les mœurs familiales de ces indigènes hospitaliers et doux : les hommes suivent les pistes, souvent imperceptibles, d'un gibier terrible ou rusé ; les femmes préparent, en ménagères habiles, le souper réconfortant, et, toujours inquiètes des dangers courus par leurs époux, elles se groupent, anxieuses, en compagnes fidèles, autour des flammes du foyer.

Tandis que le noir prend le vent pour retrouver le *pied* dans sa *chasse*, la *noire* reste près du *feu*.

Mais hélas ! sous les tropiques, comme dans les garnisons alpines, le retour des chasseurs n'est pas toujours joyeux. On mange des fruits trop verts, même dans les forêts vierges ; la chère la plus succulente est faible devant les ardeurs torrides de l'astre incandescent ; elle se corrompt vite au contact brûlant d'une atmosphère abominablement surchauffée, et provoque, alors, de ces bruyantes révolutions intestines, dont l'Amérique centrale revendique, en vain, le monopole. Les agapes familiales ont commencé dans la joie, elles finissent dans la débâcle, et, tandis que le noir prend le vent pour retrouver le *pet* dans sa *chiasse*, la *foire* reste près du *nœud*.

Je crois, cher et inestimable lecteur, que cette dernière excursion à travers le continent mystérieux doit mettre un terme à notre voyage et nous rendre continents nous-mêmes.

Nous avons parcouru, sur les ailes légères de la *Contrepéterie*, le cycle complet des connaissances humaines ; nous avons pénétré, grâce à sa double vue, les ressorts les plus cachés de l'expression des sentiments et des idées, et fait sortir, resplendissante, la Vérité de son puits, alors qu'elle apparaît si terne aux regards indifférents du vulgaire.

La fée joyeuse de l'*Antistrophe* a entr'ouvert, pour nous, les portes de son palais enchanté, et nous a permis d'admirer une partie de ses trésors. Un jour, peut-être, nous conviera-t-elle à contempler encore d'éblouissantes autant qu'exhilarantes merveilles ; mais nous aurions, maintenant, mauvaise grâce à abuser de son hospitalité bienveillante et cordiale, — je dirais presque écossaise. Le monde des génies est irritable et fantasque, et le sage nous enseigne, d'ailleurs, qu'on se *passe* des *lutins*, lorsque la discrétion le commande, aussi facilement qu'on se *lasse* des *putains* qui ont vicié notre existence et mué en queue de poisson le lamentable reste de vie qu'elles nous ont laissé pour pleurer.

TABLE

Achevé d'imprimer

LE 22 OCTOBRE MDCCCCIX

www.ingramcontent.com/pod-product-compliance
Ingram Content Group UK Ltd.
Pitfield, Milton Keynes, MK11 3LW, UK
UKHW031904260826
14628UKWH00002B/973

9 782329 064147